汽水

古賀大助

思潮社

汽水

古賀大助

思潮社

目次

I　汽水

Ⅲ　夏のおわり

装幀＝思潮社装幀室

I
汽水

汽水

重たい水と軽い水のはざまに
一枚の木の葉が立っている
かろうじて立っている

歯科医院のせまい待合室で
ポツンとひとり
つけっぱなしのテレビを
みるとはなしにみていた
ゆうがたのニュースが流れて
——それでは、珍しい映像をお送りします
デジャブの河口のたたずまい

小石と雑草のなつかしい風景だ

アングルが転換
淡水と海水の境界域に
カメラはさかなになって近づく
――汽水域は生物にとって、とても苛酷な環境で……
ふたつの水のさかいを
くっきりととらえた
その一線に直交して
みどりの木の葉が一枚
ゆらめきながら
きらめきながら
浮かぶでもなく沈むでもなく
かなしく立っている
きびしく立っている

半分開いたドアのむこうから
――どうぞ　コチラへ
せかすがごとく
きいろい声がする

郡上《ぐじょう》

ぐずる春
ゆうぐれの駐車場で
おれはあいつに
——きいたと思うけど　やめるわ
きょとんとあいつ
——しらん　何の話や
会社をやめて父のイチゴを継ぐことを
かいつまんで伝えると
——きいとらんぞ　おれは

いつぞやの宴席

しこたま飲んだいきおいで
学卒の甘ちゃんのあいつに
――おれの一番きらいな奴はおまえやな
そう毒づいたことがある
あいつはすかさず
――ふん　郡上の山猿
そのあいつが残り
叩きあげのおれが先にやめるとは
ガチンコ勝負のけりがつかぬまま

春たけて
去る日の昼の工場で
おれがだまって手をさし出すと
あいつもだまって強くにぎった
黄色いヘルメットの下に
しかめっ面の三角まなこ

――げんげんばらばら　がんばりゃあ
あいつのつぶやきを
コンプレッサーが吸いこんだ

本を読む女

畳の上に
ねそべって
女が本を読んでいる
あおむけから
うつぶせへ
そして半身《はんみ》に
ひじや
ひざが
ゴヤのマハのようだ

休日の昼下がり

子どもたちは外
男は何かの会合で不在
今は誰もいない
フラワー・アレンジメントの教室で
借りたままの本の頁を
女は濡れた指でそっとめくる

帯はとかれ
カバーははがされ
栞《スピン》が垂れている
ミステリーの森にまぎれ
二段組の文字が
蟻のようにうごめく

爪先から引いた補助線の先
テレビの横で

青いトルコキキョウがみている

日はかげり
時間がのび
女の腕がのび
ぐつぐつと煮立つ鍋が
女の寝息をかき消す
本の背なの花布《はなぎれ》が
女をゆっくり読みはじめる

富有柿

朝のロッカー室の片隅
ネットのない卓球台の上に
とれたての柿が並ぶ
ふぞろいの玉が
びっしりしきつめられている

長い残業の帰り
ロッカー室のあかりをつける
青白い光が
緑の台を照らす
朱のつぶてがはじける

山下清の花火みたいだ

カバンに柿を
五個押し込む
まだたくさん残っている
みがけば光る果実が
すぐ目の前にあるのに
手の届くところにあるのに

ここで齧ろうと
てのひらにひとつのせ
上下にゆする
ちょうどいい重さだ

未来のポスター

緑色のクマが
肩をおとし
山に帰ろうとしている

向かいあった木と木が
クマをはさんで
こそこそばなしをする

木のうろから白いリスが
手をこすりあわせ
クマをうかがう

クマのひざは曲がり
左手が宙に浮き
めいていしているふう

灰色の空に二羽の鳥が舞う
ゆうがな羽ばたきが
だいだい色の波紋をつくる

目をこらすと
木の枝に巣が
口を開けた鳥の子どもが

空が割れる
あざやかな二本の光線が
クマの両脇につきささる

緑色の右手がみえない
手ぶらなのか
何か提げているのか

——豊かな自然を　未来に！
幼い手書きの明朝に
色がついていない

ヒマワリの出発

アポロキャップをかぶって
午前五時きっかり
男が自転車でやってくる
トマトの頬をなで
キュウリの腰をつまみ
ナスの尻をつつく
家庭菜園のコーナーに
ヒマワリが一本立っていた
陽が照る前に
キャップのつばに土をつけ
男はやってきた道を帰ってゆく

野菜とヒマワリは
さんさんと陽をあびる

雨もよいのその朝も
男は律義にやってきた
ナスの紫をみつめ
キュウリのイボをはじき
熟したトマトをひとつ捥ぐ
ヒマワリは男の背丈を越えていた
副え木の点検ぬかりなく
やってきた道をこいでゆく

あらしの夜が来て
雨が黄金のかんばせを叩く
風が細いかいなを打つ
土のうてながくずれる

とうとう力尽き
身をふたつに折って
ヒマワリは大地を抱いた

きっかり午前五時
降りしきる雨の中
かすむ道のむこうから
アポロキャップがやってくる

三つ葉

真夜中の台所
陶器のマグカップに
三つ葉はつっ込まれていた
淡い緑の茎が
商品テープに結束され
シンクにしなだれかかる
葉がたぎる
水を吸おうと
今をつかもうと

シンクの底まであと数センチ

ようえんに反り
えんぜんと返り
冷蔵庫の微かなコーラスをバックに
三つ葉はラルゴに舞っていた

半畳の森の水辺
深夜の舞踏のてんまつを
睡魔に生けどられし輩は知る由もない
その葉の不規則な明滅も

流れる固体

子ども部屋に辞書をとりにゆく
子どもたちは夢のさなか
フローリングの片隅
ぬぎすてられたスリッパから
どろりと白いものが出ている
スリッパに手をさしこみ
裏返してみると
半透明のゼリーがべったり
ティッシュでふく
ふやけてうまくふけない
机の上がひどく散らかっている

彫りかけの版木がずり落ちそうだ
表に和紙が貼ってある
はいつくばって
もう片方のスリッパをさがす
貸した辞書をさがす
スチール本棚の下に
緑のチューブがころがる
文字が浮かぶ
でんぷんのり　ヤマト糊
黄色いキャップはきちんとついている
やわらかいチューブの腹を押す
尻から糊が出る
固体が流れる
人差し指にいびつな球がのる
動かない
ふっても落ちない

緑の角度

三角形の内角の和は一八〇度
本当にそうなの　ふいに訊かれ
いつもそうだよ　ととっさに答えた

横長のはめころしの窓から
イチョウの太い幹がみえる
ひとつの枝に繁る葉の数さえ
数えつくすことができない

平行な二直線の錯角は等しい
いつもそうなの　たたみかけられ

決まっているのさ　とにごす始末
苔むす幹がこころもち傾斜し
繁る葉はひとつとして同じではない
角度の定理を静かに内蔵し
一本のイチョウが立っている

走る遺言

かきなさい
おもいのたけを
かかずにいられないことを
はじっこをていねいに
自分のためにかきなさい

よみなさい
よみたいときによみたいものを
今にまどわされずに
今のなかの昔をさがして
自分のためによみなさい

ききなさい
木の声を
木のなかの水の声を
か細い声がこだまする
自分のなかの声をききなさい

なめなさい
べろを出して
風をなめなさい
石をなめなさい
自分のなかの花をなめなさい

かぎなさい
四つ目の犬になって
何がかぐわしいのか

何がきなくさいのか
自分の鼻でかぎなさい

なでなさい
たいせつなひとのほほを
かけがえのないものの背中を
ときに自分をなでなさい
こごえる腕をなでなさい

うみなさい
自分をうみなさい
弱い自分をうみつづけなさい
そして
死になさい

（追記）

二〇〇一年十一月十一日夕刻、下りの「のぞみ」の車中にて、享年八十七でみまかった石原庬とおぼしき声が、ふいに耳の奥にきこえた。胸から手へ電流のようなものが走り、あわてて手帳を取り出し、その声を文字に変えた。

Ⅱ　東京ビット

籠原《かごはら》

朝の下りの高崎線で
読みさしの本を閉じて
冬のおわりを眺めているうちに
うつらうつら
降りるべき熊谷を過ぎてから
はっと目がさめた
あわてて飛び降りると
そこは籠原
幸い始発便の発車待ち
黒いカバンを抱き
またうつらうつら

ガーン
ガガーン
ぶるっと目がさめた

テロ
サマワ
アルカイダ
カラシニコフ
オレハイマドコニイルノカ

白い手がゆっくり降りる
乗客は落ち着き払っている
下りのラッシュの緩和策
来る朝ごとの車両の連結
定刻通りに電車は発った
籠原から熊谷まで

籠でふるえるケモノのように
冬眠からさめた熊のように
うずくまっていた

赤羽《あかばね》

平日の午前七時半
スーツのポケットに
ミステリーをしのばせ
満員の青い電車に駆けこむ
乗降口にやせた女が立ち
吊革にぶらさがっている
ブラウスにスラックス
どちらも白い
身体をねじこみ
黒いカバンを棚に載せる刹那
女の肩にふれた

なで肩だった
縁なしメガネをかけていた
一息ついて
車窓をみながら
ポケットに手をのばす
白い女の肩がゆれている
左右にふるえ
前後にさざなみ
らせんに波打ち
ついに渦に飲まれるように
吊革から手が外れ
腰からくずれてゆく
すかさずかがみ
膝に女の頭を受ける
メガネがずり落ちる
血の気のない白い顔が

（ヤバイナ
待っていたかのように
電車がホームに滑りこみ
ドアがスーッと開く
女の脇に両手を入れ
引きずってホームに降ろす
マシュマロのようなポーチをつかみ
見あげた電光板
ドットの赤羽
発車のベルが鳴る
レジュメのつまったカバンが
（ヤバイナ
女の顔を一瞥
ポーチを手元にしのばせ
ホームに横たえる
電車に戻った瞬間

ドアがスーッと閉まる
黒いカバンは黒いまま
青い電車は青いまま
乗降口に別の女がいる
ポケットのミステリーが消えていた
縁なしメガネが消えていた

蕨《わらび》駅東口

夏だというのに
鼻水が止まらない
いつもは素通りする階段の下
タクシー乗り場の横で
さしだされた手に
すーっと手がのびた
ポケット・ティッシュひとつ
てのひらにのせられ
ふわっとつかむ
小鳥一羽ほどのかろきもの
ポケットにかくし

ため息をひとつふたつ
交差点の信号が赤

明日は出張だというのに
鼻水が止まらない
ポケットに手をつっ込み
包みの背中を割って
スルスルと引き出し
鼻をかもうとするや
信号が青に変わる
肩を押され
ティッシュがすべり
ひらひらと舞う
身体をほてらせ
ワンルームまでの道を
蝶のように舞う

ゴキブリ晩夏

夏のおわり
一畳のキッチンから
半畳のたたきへ
白いスニーカーをつかみ
ゴム底で叩いた
二度三度と叩いた
ひしゃげた身体と黄色い体液を
トイレットペーパーで拭き取り
なにもない
なんにもみない
まじないのようにつぶやいた

びんしょうに走った影が
つややかなものの名残が
指先にうずく

フライパンに油を引き
溶いた卵を落とし
残ったゴハンを炒め
チャーハンの素をふりかける
まんべんなくかきまぜる
ほどよい赤みがさしたとき
つややかなものが
びんしょうに足元を走った
なにもないものはない
なんにもみないことにはできない
額に汗がにじむ
夏のおわり

浅草ロックの夕べ

ピッチャーがふりかぶる
腕がしなり
穴から放たれた白球が
とてつもないスピードで飛んできた
あわててバットを振る
かすりもしなかった
ボタンを押して球速を落とす
胸元にピーッときて空振り
最低の八十キロに下げ
コースも低くして
穴から放たれる白球を

一球また一球と
しゃにむに振るにつれ
草いきれがする
放課後の三角ベースで
フライがこぼれて尻もち
ゴロですりむいた膝小僧
チップで我に返った
人気の少ない真夏の夕べ
のっぺりした原っぱに
空振りの山を築いたのだ
白球のテニヲハがみえない
みえないものをつかみたい
ブリキの投手がふりかぶる
くすんだ銀のバットをかまえる
もう一丁

隅田川清話

川をのぼる
船がのぼる
いくつもの橋をくぐり
くぐるたび橋をみあげ
水上バスの船底
古い木のテーブルの上で
アイスコーヒーの氷がゆれる
ゆれてカランと鳴った

幼子をだいた男が横に
向かいに女がすわる

むずかる息子を男は
テーブルの上にころがす
はいはいして母の方へ
すりへったへりですべり
女が男にイケンする
イサカイの声が吸われた
木目に吸われた

川をのぼる
橋をくぐる
あいた窓からそよかぜ
手が届きそうなゆれるみなも
とろけてゆくときにさわりながら
うたたねをしているうちに
海舟丸は浅草に着いた

せいろ

男二人女一人の三人連れが
路地にしのび
そば屋の暖簾を払う
手打ちを待ちながら
汗をかいたエビスの中瓶を
三人で飲む
喜寿とおぼしき男1がつぶやく
——こんなんはじめてやな
——そうね
妻らしい女がいらう
——そうかな

知命がらみの男2がうそぶく

せいろが来た
三つ来た
すんだつゆに
生わさびをすって落とし
するするするする
——これコシあるな
——ほんとに
——そやね
男2は早々とたいらげ
男1はやっと半分にさしかかる
女はほとんど手つかずのまま
二人の男の箸の動きをみている
相好をくずし男2に
——食べきれんで食べて

日曜の昼下がり
幸い店はすいていた
男2はゆっくりと
女のせいろを片づける
〆に
そば湯をいただき
暖簾を払って
路地から通りへ
その後の三人の足取りが
つかめない

木を抱く女

――木内寛子　追悼

二列のプラタナスが
ついに丸裸になった朝
ささくれた幹に
よりかかる女がいる
どこかでみたような
ついこの前あったような
なゐをねめつけし者
東灘の女が
なぜ凩の秋葉原に来たのか
近づく殺気におののき
出向先のビルへ逃げこむ

ラジオ体操第一が鳴っていた

男が
行ったときは
木に抱きつけばよい＊

ぐずる風邪をひきつれ
昼下りの上野にやって来た
拉致のアンケートにかじかみ
似顔絵描きの手招きをすりぬけ
公園の中へ忍ぶ
大きなケヤキの木に
女が抱きついている
くずれた地を這いし者
東灘の女が
一糸まとわず

目をつむり
最期の葉を口に結び
木の幹をなでている

海が遠いとき
は
木に抱きつけばよい*

*木内寛子の詩「楠」より

傘を捨てる

忘れないように
忘れないように
傘を持って
電車を乗りつぎ
秋葉原にたどり着いた
朝の電気街口で
ワンタッチを押す
開かない
首をかしげてもう一度
開かない
押しても引いても

尖った頭をトントンぶつけても
頑なな子犬のように
叱られた子どものように
身をこわばらすばかり
アポの時間がもうそこ
後先考えず
横殴りの街へ

ドトールコーヒーの前に
錆びた自転車が一台
街路樹にもたれていた
立ち止まり
そ知らぬ顔で
役立たずの傘を立てかける
はじめからそこにいたように
わかったね

わかったね
子犬を振り切るように
子どもを置き去りにするように
路上に傘を捨てる

Ⅲ　夏のおわり

丹前

手招きされて
吸いこまれるように
広げた両腕に飛びこんだ
抱きかかえられ
頬ずりをされた
ほんの二つの初めての記憶

各務原から吉野ヶ里へ
父のかわりに
じいちゃんの墓に参る
御影石が苔むしていた

ぴかぴかの墓に囲まれて
見うしないそうな小さな墓だった
背中に細く刻まれた父の名

炭住の長屋の一角で
丹前が抱きしめる
高い高いをされて
低い天井につむじがすれる
大きな火鉢に落っこち
泣きべそをかいた
ほんの二つの鮮やかな記憶

献花台の下
ほの暗い闇の中に
セピア色の骨壺が
にぶくひかっていた

採炭のキリハがうかぶ
耳をすます
地の底から
鉱夫の笑い声がきこえる

ピーカンの空だった
石をみがきにみがき
ライターで線香に火をつけた
手をあわせ
目をとじ
脇をしめる

チャンポン

叔父さんと俺
ふたりの男が
空を飛ぶ
レンタカーで道をかけ
風のうわさにすがり
さがしあてた郊外の老人ホーム
九十を越えたおっぺしゃんは
死んでいなかった
ほとんどぼけていたけど
ちゃんと生きていた
――こっからつれていかんね

叔父さんは肩をだきしめ
俺は何度も髪をなでた
——おいがうちたい
なだめすかし
きこえぬふりをして
真昼の太陽が照りつける外へ
エアコンは最強
カーナビの声はオフ
どこにいくかは車まかせ
こんなときでも腹はすき
道沿いの小さな店に飛びこんだ
——チャンポン　ちょ
油のしみた漫画本を読みながら
無言で待つこと三十分
両手でささげ
そっと置かれた丼ふたつ

箸を割る
太めんの腰がしなる
透き通るモヤシ
浅葱のキャベツ
地鶏の歯ごたえ
手と口が止まらない
薄塩のスープがみるみる干され
丼の底から
おなごの龍がのぼってきた

おっぺしゃん昇天

おっぺしゃんが手をふる
何もない駅のホームにひとり
あげた右手が
かすかにふるえる
列車の窓から身をのりだし
遠ざかる祖母を
じーっと目にやきつけた十の春

——おいひとりで
なんでんでくっけ
心配せんちゃよかぼ

おっぺしゃんが腕をふるう
ありったけの具を
鍋の中につっこむ
ぐつぐつ煮立つ
じゃがいもと糸コンニャクを押しのけ
鶏の足が出てきた
足の皮のぶつぶつがうごめいて
孫の手がかじかんだ三十の夏

――こまか字ばかくね
　もっとのびのびかかんば
　こまか人間になるばい

おっぺしゃんが空を飛ぶ
昔々こわい姑からペケ

のりたくてのれなかった
ちゃりんこをすいすいこいでいる
地べたから見あげると
かっぽう着のすそから
肌色のシュミーズがのぞく

――なんでんせんば
おいはぐじぐじはすかん
ほんなこつ

望月

男が産声をあげたとき
父は南の戦場で散った
空の骨壺がやってきて
うら若い母は嫁ぎ先を飛びだす
子だくさんの祖父母は
男を末っ子として扱った

銃後の姉たちにくるまれ
にぎやかな炭住で
男はすくすく成長した
ガキ大将に昇進した暁

甘えん坊の金の卵は
関門トンネルを抜けてゆく

ノムウツカウをマスターし
怖い物なしのいなせな胸に
ポッカリ空いた暗い穴
ポッカリおさまる娘が現れて
男は心機一転
好きな車の整備に打ち込んだ

めでたく独立はしたものの
客がなかなか増えない
運転資金の底がみえると
姉たちに何度も無心
ネアカが命の男は
パンチパーマで乗り切った

ウツもカウも卒業したが
じわじわ高まるノムの潮位
娘ふたりを立派に嫁がせ
ほっと一息ついた冬
余命ひと月と告げられ
年老いた姉たちが駆けつけた

桜が一枝一枝
命の極みに至るとき
一世一代のスマイルが咲いた
あけすけな家族につつまれ
男は花のもとにて春死んだ
決して願ったわけではないけれど

サテュロス

サテュロスが踊る
髪をなびかせ
腰を激しくねじって
ブロンズのひかがみがたくましい

会社を去ったアイツからメールが届く
「今度のは、小生からみて、
　とても耐えがたく危険な状態です」
すくめた首が浮かぶ

一九九八年　シチリア沖

漁船の網にかかったサテュロス
ギリシャ神話の気まぐれな森の精が
はるかな時を越えてやって来た

「今日一人やめ、残りは、
小生と日系ブラジル人だけとなりました」
アイツからまたメールが来る
痛んだ腰がねじ切れそうだ

森の上をゴンドラが飛ぶ
青い木々の間をサテュロスが疾駆する
センチュリーは誤差範囲
ミレニアムも蹴散らして

アイツは踊れない
みえない翼が折れそうだ

サテュロスをつくった手がうかぶ
節くれだった指がうかぶ

スタンディング・ダルマ

時間が歩く
人間がてくてく歩くように

傘をさして
坂道をのぼる
おせちの熊笹をとるために
白いレジ袋の中に
さびた剪定鋏がひそむ
谷側に杉が並ぶ
つづらおりの途中
ひも状のものがねそべる

近づくにつれ
うねうねと動く
またぐやいなや
いきなり鎌首をもたげる
朽ちた縄だった
一本の縄が雨に打たれ
雨を抱いていた

時間が立つ
人間がゆらゆら立つように

坂がつき
ふいに広場に出る
畑がぐるりと囲む
トマト　トウガラシ
西瓜　南瓜

トウモロコシ　モロヘイヤ
野菜たちが雨に濡れ
雨を飲んでいた

時間がみつめる
人間がじりじりみつめるように

コンクリートで固められた広場に
大きな僧が立っている
台座の上で
組んだ腕を水平に保ち
塔のように立つ
バルザックのように立つ
よれよれの僧衣をまとい
足も足首も不可視
カッとまなじりを決し

あたりを睥睨していた

時間が思念する
人間がめらめら思念するように

岩乗な台座の横に
小さな東屋があった
東屋の中には誰もいない
雨が吹き込む
プラスチックの如雨露がころがる
青色のかわいいシャベルがころがる

人間が経つ
時間がぽとぽと経つように

佇む僧に手を合わせ

真っ赤なトマトをかじりながら
つづらをくだる
山側にむらがる熊笹が
魔女のように手招きする
さびた剪定鋏をとりだし
おそるおそる茎を切る
やにわに腕に貼りつく葉を
白いレジ袋に生け捕った

笹むらの向こう
立ちっぱなしの達磨がおぼろ
背中がふるえている
肩が雨をはじいている

冬眠する大根

神岡は一面の白い海だった
すべる坂道
うずまる裏庭
――コンナ雪見タコト無ア
あなたはこぼす
天から地へ降り
降って積もり
積もってきゅんきゅん固まっている
あるときは利とほくそえむ
あるときは害とうれえる
勝手な言い分から

いつも一歩身を引く
もの静かなあなたでさえ
――モウ沢山ヤワ

ひとり暮らしのあなたの
ささやかなオーダーは
借りた畑から抜いて
裏庭に並べた大根の救出
――コノ辺ヤケドサ
一帯が白い軍団
雪まるけの人質
清らかな白をさがす
けなげな白雪作戦は
鍛錬不足で歯が立たぬ
雪が吸いつき頓挫する
大根のふくらむ腰

すきとおるふくらはぎ
しわしわの手をかざし
——モウセンデエエヨ
ねぎらうあなたがすずしろ

葉っぱの決断

あとはお前の意志にまかせる
幹からのやわらかな指令

枝の先から下をみる
低からず高からず
これが却って怖い
小刻みにふるえてしまう
空をうかがう
どんより我関せずのたたずまい
もう一度下をみる
幹の根方の土の凹凸

目をこらすと土の粒がふるえる
粒と粒がふれあっている

あとはお前の決意を信じる
幹からのしたたかな最後通告

風はない
雨がポツリと頬を打つ
付け根にしずくがしみる
ふれあっている土の粒子が
待っている気配に
付け根がうずく
はずれる
今だ
とべ

瓦礫のシャコンヌ

ヒロコさんの夢をみた
東灘で震災に遭い
生き延びて
死ぬまで詩を書き
病に散ったヒロコさんが
花冷えの朝
瓦礫の上に立っている
誰もいない
犬も猫も
鳥も虫もいない
いないようにみえる

泥のついた梁の木端をひろい
顎と肩の間にはさみ
桜の枝でこする音がする
音の粒がこぼれ
粒と粒がつらなり
あふれんとする
ほとばしろうとする
ぐらぐらする瓦礫の上で
無口なヒロコさんが一心に弾く
無伴奏なのに豊かな音色だ
すべてをつつもうとするひびきだ
夢の中でヒロコさんは
海に向かって立っていた
おかっぱをふり乱し
はげしく上体をゆするが
下半身は動かない

夏のおわり

一　曼珠沙華

はじまりがおわったようだ
さあ　西へ
博多を越え
佐賀に寄り
気がつくと
下りの唐津《からつ》線に乗り込んでいた
ひとの気配がない
トランクを網棚に置いて

硬い四人座席にひとり
多久を過ぎ
小さなトンネルを越えるごとに
からんだ時の玉がほぐれてきた
みどりが車窓で漉され
淡いひざしが膝に届く
荒れる草の片隅
茂る灌木の根方
曲がりくねった畦に
ゆっくり肯くように
紅い光が点滅している
——きれかあ
背中の方から
なつかしい声がする

二　紫式部

ええ　厳木《きゅうらぎ》駅は無人でした
カーブする細い一本の道路は
はるかな玄界灘に通じる
疾駆するトラックに
ドライバーがいない
濃いひざしが肩に当たる
手に提げているはずのトランクがない
時の関節が脱臼したのかもしれない
誰もいない路地から
――こっちたい
くるぶしあたりで声がする
猫の目が垂れている
どこに戻ればいいのだろう
汚れたしっぽについてゆく

塀から枝が
弓なりにのび
紫の粒々が頬を打った

三　夾竹桃

ぐっすり眠った夜が明け
唐津焼で珈琲を飲んでいる
虹の松原にいざなわれ
遠浅のみぎわで
拾った巻貝をかたみに
城までの道を歩く
橋のたもとにすくむ木に
桃色の花が燃え
時のどぶろくをあおる
斜めにのぼるエレベーターに乗せられ

せまい天守閣に立つ
河口の先の堤防のむこう
凪いでいる海にみとれ
風をゆっくり吸って
あとはどうとでもなれ
手すりからのりだす身に
――まちんしゃい
もういないひとの声が降る
消えたトランクを胸に抱いていた
東へ　いざ
おわりがはじまるようだ

あとがき

　第三詩集です。二十三年前は東京にいて、目が回る毎日で、よく覚えていません。一日が短かった。汽水に立つ木の葉のよう。今は岐阜にもどり、会社も卒業しました。最近、半世紀前の十の頃が、手にとるように蘇ります。そこに原点があるのでしょう。一日が長かった。ひとの時間は、伸びたり縮んだり。記憶はあやふや、ときにあざやか。

　詩は、ずっと書いています。詩集はもういいや、そんなふうだったのですが、先を考える前にうしろをみてごらん、という声が聞こえました。白寿で死んだおっぺしゃんかもしれません。心して、思いを出すことにします。

　ただよう小舟の艫に手を添え、そっと押してくれた思潮社編集部の遠藤みどりさん。ありがとうございました。

二〇一七年二月三日

古賀大助

古賀大助（こが・だいすけ）

一九五五年二月十五日　佐賀県生まれ

詩集
『ポプラが倒れた夜』（一九九〇年）
『ストリート・オルガン』（一九九四年）

詩誌「座」同人

現住所　〒五〇四—〇八三三　岐阜県各務原市入会町一—三

汽《き》水《すい》

著者
古《こ》賀《が》大《だい》助《すけ》

発行者
小田久郎

発行所
株式会社思潮社
〒一六二―〇八四二　東京都新宿区市谷砂土原町三―十五
電話〇三（三二六七）八一五三（営業）・八一四一（編集）
FAX〇三（三二六七）八一四二

印刷所
三報社印刷株式会社

製本所
小高製本工業株式会社

発行日
二〇一七年四月三十日